청어詩人選 200

시도
사람을
그리워한다

서비아 시집

청어

시도
사람을
그리워한다

서시

시도 사람을 그리워한다

하늘이 경이롭다
땅은 향기롭다

정염 담긴 마음
맑은 날도 눈물이 흐를 때

내게 말을 건네 오는
사소한 외로움
'시'도 가족이 되고 싶어 한다

웃음을 재촉
연속하는 삶으로
아름다운 싯귀가
피어오를 때

싱싱한 이파리 따라
건네 오는 말
'시'도 사람을 그리워한다

- 가은 서비아

축하의 글

치자꽃 같은 시심(詩心)

이광복(소설가 · 한국문인협회 이사장)

　새하얀 장미에 새하얀 치자꽃의 모습이 청초하고 아름답게 느껴지는 여름철, 가은 서비아 시인의 세 번째 시집 『시도 사람을 그리워한다』 상재를 축하합니다.

　몇 해 전, 어느 문학회 시낭송회에서 서 시인을 처음 만났습니다. 서 시인은 처음이나 지금이나 한결같은 모습으로 사람들을 따뜻이 맞이해 줍니다. 그뿐 아니라 창작활동을 열심히 하시는 시인이어서 항상 박수를 보내곤 했습니다. 한마디로 말해서 모범적인 시인이라 하겠습니다.

　서 시인은 한학자이신 선비의 딸로 태어나 직장생활과 가족들 뒷바라지하느라 뒤늦게 시인으로 수필가로 아동문학가로 등단하였습니다. 그 후 많은 시간 속에 기도하고 고민하여 깊은 영성과 문학성이 어우러진 뛰어난 시를 창작했습니다. 이제 시적 감각이 뛰어난 작품을 한 자리에 모아서 이 세 번째 시집을 출간하게 되었습니다.

서 시인의 이번 시집 상재를 계기로 문운이 더욱 창대하시기를 기원합니다. 이 시집에는 시가 사람을 그리워하는 치자꽃 같은 시심이 넘쳐나고 있습니다.

저는 서 시인이 우리 문단의 큰별로 우뚝 설 때까지 적극 응원하겠습니다. 아무쪼록 서 시인이 오늘보다 더 좋은 작품을 줄기차게 양산하여 독자들과 세계인들의 마음에 뭉클한 감동을 안겨 주시리라 믿습니다. 감사합니다.

축시

들꽃 여인

— 강순구(목사 · 시인)

지금의 울타리를
선택한 지 어언 사십여 년

드러나지 않는 곳
그늘진 곳에 피어나
자세히 바라보고 바라보아야
눈에 띄는 아주 자그마한 꽃

이름도 없이
빛도 없이
보아 주는 이 없이
그곳에 홀로 아름다이 피어

기도의 씨를 심고
눈물겨운 사랑을 뿌리고
인내하며 기다리는 애틋한 마음
이젠 결실되어

온누리를 밝히며
짙은 향기 퍼뜨리는
아름다운 꽃으로 피어난
그대 이름은 들꽃 여인이어라

묵묵히 그 자리를 지키며
한 생애 피었다 지고 가며
오직 우리를 지으신 주님께
향기 올려 드리는 여인이여
그대이름은 들꽃 여인이어라

시인의 말

시는 체험의 의미이며 감미라고 한다.
독일 시인 릴케는 "너는 내 심령 깊이 뿌리를 내렸는지 살펴봐라."고 말했습니다.
"땅속으로 파고들지 못한 씨"는 꽃을 피울 수가 없다.
좋은 시를 만들기 위해서는 무한한 고난과 수련의 깊이가 있어야 한다고 했다.

인생의 단맛, 쓴맛, 아는 나이인가. 아무튼 지천명 나이에 '시' 장르로 입문하여 시인들이 갖춰야 할 신의, 신뢰, 올바른 정신, 덕행 갖춰야 진짜 문인이란 직함이 아닌가 생각하게 된다. 21세기 기계화 문명이 되어 가면서 순수한 인간미는 소멸해 가는 황폐 속에서 사막화가 되어 가는 안타까운 심령의 범주(Category)가 가면 갈수록 책과 거리가 멀어지는 것이 안타까운 마음이 되어, 무더운 여름날 나무 그늘이 되어 주는 『시도 사람을 그리워한다』 제3집의 집을 짓게 되었습니다.

존경하는 한국문인협회 이광복 이사장님께서 추천사를 써 주시고, 존귀한 홍문표 박사님께서(전 오산대총장) 발문사를 써 주심에 깊이 감사를 드리며, 축시로 저를 위해 기도해 주시는 강순구 시인 목사님과 함께 동료 여러분들의 격려와 협력과 기도와 응원해주신 모든 분들께 깊은 감사의 마음을 전합니다.

끝으로 내가 시인으로서 산소를 공급할 수 있는 글을 쓰도록 주님께 기도하며 영광을 올리며 이 책을 상재합니다. 감사합니다.

차례

1부 춤을 추는 씨앗

2부 꿈을 향하여

3부 당신들이 심었습니다

4부 변치 않는 순환

5부 엮어가는 삶

1부

춤을 추는 씨앗

무궁화

하나님 축복의 서진곡
초록 찬송 한 자락
무궁화 꽃이 활기차게
피어 올랐네

방방곡곡 평화의 메아리
오롯이 나팔꽃 잎 벌리며
미래를 펼치네

희망의 찬가
하나님의 풍성한 은총의 축복
즐비하게 내려주시는 길
별빛처럼 빛날 것이다

무궁화 금수강산 꽃으로 피어났다
무궁화 만만세 맑은 기운 새롭네

보솜이 달 밤

칠흑 속에
수로가 흐르는 야경
길 떠나온 나그네
그 옛날 새벽닭 울먹이던 밤

달빛에 억류된
누각루에 걸쳐진 매화꽃*
물결치며 만발하는데

은 물살 타는 비파소리
나그네 향수 애닲구나
고적한 밤하늘 대마도
그대와 하룻밤의 풋사랑

윤슬에
파묻힌 잔잔한 향수
쾌감을 얹은 스킨십 정분을 엮는다

----

* 매화꽃은 환한 달빛을 나타냄

나의 부친(父親)

그래도 그 옛날에는
가문 있는 집이라 했나
옛날 옛적 충청도는 양반이라 했나
재산은 만석꾼 못 되는 가문

큰아버님과는
대조적인 바로 밑 동생
종가 재산 집안에서 장남
큰아버님 탕진 한량한 인생

내 부친은 가문 망신이다
객지 생활 경제는 경자도 모르시고
농사도 할 줄 모르시나니
한학만 하신 나의 부친

세상 떠나시는 날까지
책 속에서만 사시다가 가신 분
가장이 경제 경자도 모르나니
처자식 산 중턱보다 높은 보릿고개
난 철없을 때 아버님 "미워"

고행길 넘나들이
오늘날 제가 여기까지 와있어요
DNA 흐름인지요

르느와르 전문

녹음이 짙어지며 여기저기서
꽃잎들의 향기 바람 타고
밀려온 진한 그 모습

한반도 대한나라까지
밀려서 왔네

예술가 채색된 흔적
소리 없는 향취

인생은 가고
예술은 남는 것
목마르지 않고 꿈틀거리며
사향(麝香)의 배회

시를 부르며 미소 짓는
여인의 향기로 남겨 놓았네

그리운 어머니

어머니 살아 실제 그 고통 외면했네
매서운 속앓이 먹장 되어
건강치 못 하신 어머니

녹록지 못한 살림살이
층층시야 자녀의 양육
어머니 심정 흐릿했건만

내 나이 중년고개 넘어 자녀 출가 시켜보니
더욱 어머니 삶 돌이키게 되네

보릿고개 굶주림 채워주지 못한 가슴
가슴앓이 절절한 아픔 내 이제사 알게 되네

환우로 불편하신 몸
먹을거리 찾을 수만 있다며
들로 산으로 채취하며 밭 가리 일구며
거북이 등짝이 된 손등 자식들 잘 되기만 빌고 비시던

중년 넘나들이 자녀들 수발 받으실 나이쯤
이승에 그림자 안치하시고 그렇게 홀로 가시었네

궁남지

백제 궁 적막한 옛터
선화 공주 서동요
연꽃향기가 되어
소담스레 너울너울 대며 안겨온다

전설스런 옛 이야기
찬란했던 백제의 심장부

오롯이 다복스런 평화로운 도화선
수양버들 애절한 한 자락

백제 궁 절박한 설움지
노스텔지어 맥(脈)
황홀한 연꽃으로 오늘도 피어오른다

오륙도(五六島)

– 부산 오륙도 경치 보고

발자취 따라 간다 환상의 화폭
가도 가도 끝없는 태평양 따라서

푸른 바다 먼 지평선 한 자락
오륙도 여섯 섬들의 멜로디
한 자락 드높인다

방패 섬과 솔 섬 신묘한 요술에 빠져
파도타기 옷자락 접었다 펼쳐 내린다

귓전을 뒤흔드는 오륙도
떠나가는 뱃고동 연락선

애절한 한 자락 붙잡힌 삶
고뇌를 수평선에 흘러 보내고

맑은 풍광 그려내는 오륙도
전설적인 색다른 매력에
흠뻑 빠져 나가는
푸른 바다 마도로스 사랑

그리움 · 1

창밖 너머 바다는
내 마음을 끌어낸다

밝은 날 푸른 장막
마음 문을 열며
내 마음을 만든다

정겨운 님의 목소리
수많은 지난 추억들이
알알이 조약돌이 되어

밀물 썰물 되면서
드리워진 추억의 그림자

파도 소리를 타며
허전함의 공간
그대 목소리인가

그리움·2

님 그리워 날마다
개여울에 나가
아지랑이
피어나기만…
눈물 젖으니

봄동산
소쩍새 옳거나
그르거나
묻지를 마오
지는 달 새벽별 가시거든
이내 맘도 전해주오

울릉도 도동항에서

하루를 지펴내고
이른 새벽 동틀 때 파도치는 속 울림
귀 기울일 때 반짝반짝 찰싹찰싹
애꿎은 방파제만 내리친다

분수대가 꽃이 되어 솟아오르고 오르면
울릉도에서 발이 묶인다

영문도 모르는 갈매기 떼
끼룩 끼룩 놀려대는 노래 한 구절

애달픈 나그네
늦은 종소리 야~호

넘실넘실 파도 싣고 희뿌연 물거품
독도는 우리 땅 눈앞에 두고
입지 못한 나그네 설움 빙빙빙 돌며
그냥 돌아오다

∗ 분수대 : 파도 높이 상징적 표현
∗ 오전에 파도가 심하여 늦은 출항

채석강
– 변산반도 채석강에서

기암괴석 쇄석 범주 열차는
몸을 싣고 달려오고 있었다
고된 삶 이끌고 화산석 퇴적암층
쌓이고 쌓여온 생채기 거칠어진 등판

훼파(毁破) 속에서 얼마만큼 참고
참아온 세월일까
밀물 썰물 오늘도 철썩철썩
헤집고 헤집는 할퀸 상처는
꿋꿋하게 버티어 온
그대의 흔적이었다는 것을

천년만년 달빛 아래 발자국 그 길
깊은 인내 속 갈고 닦은 월계관
늠름하고 아름답고 존귀하다

길손
– 한국아동문학회 여름세미나에서
  어둠이 내려깔린 미명

여울목
해안도로
만조에 밀려
파도 소리 우짖는다

앞 창 유리
빗방울 뚜두두 뚝뚝
브러시 흔들며 오경에
어둠을 여는 해안도로

정막을 깨우는
키 작은 차량 한 대
Slow Slow Step

외로움을 타며
집을 떠나 어디로 가느냐

호롱불 켜 들고
항해하는 나그네 길손

갈매기

끼륵 끼륵 꽥꽥
바다 윗길 맴 돈다

다른 새들은 접근성이 용이하지
못 하는가 보다

창공 위에선 구름 조각배 만들어
우주를 수놓고 있네

나는나는 님의 소식 전하련다
편지지 한 장

화살촉보다 빠른 걸음걸음
얼마나 숙련이 되면 그리 빠를까
나는 나는 우주쇼 비행물체 관람중이다

한강 선유도에서

강물 위에 배 띄워
아동문학가들이
가을잔치를 열었네

만추홍엽 갈바람 타고
마디마디 숨결 낭만의 열차

낭송매체
추상같은 눈빛
귀중한 종자 씨앗 들고 나와
씨앗 뿌리는 농부님네

알찬 열매 감성 형형색색
새싹들에게 좋은 자양분
수확 열매 맺기 위한
봇짐 동요 동시 주렁주렁

산촌마을

딸 아들
타향살이
텅 빈 외딴집

서녘길
노을 내리는
지붕 위에

굴뚝 연기
내뿜는
외로운 할멈

가을 길 내어 주는
외딴 마을 지킴이

인생도 외줄타기

인생도 외줄타기
능숙하고 고운 미소
헛발 없이 나락으로
떨어지지 말자

바른 정신 출렁이는
무늬 한 자락
높이 따사로운 기상
가득 피워낸 외줄타기 신비

춘향전시관

보름달 희뿌얀 얼굴
곱게 피어난 꽃 한 송이
댕기머리 백년가약
사랑의 굳은 절개가
죄가 되어

호랑이 발톱
차가운 철책 의자
두 손 발 묶인 보드라운 손
치국장 매서운 유혈 우지직 우지직

하늘 창공을 탄다
이도령 장원 급제 훨훨 날아온 훈장

돌짝밭이 푸른 잔디가 되어
봄소식 어우러져
희망찬 노랫가락
어여쁜 성춘향 이몽룡
어화 둥둥 내 사랑

새벽 종소리

가만히 들어 본다
당신의 숨소리는
보이지 않은 실체
사랑의 메아리

가만히 안겨본다
당신의 음성은
평화의 종소리

가만히 잡아본다
당신의 손길은
보드라운 솜털

가만히 기대본다
그대의 등은

얼어붙은 몸과 마음을
사르르 사르르 녹여주는
따스한 봄볕

소롯히 깊어져만 가는 주님의 사랑

동호 바다

지릿한 한여름
실바람타고
임산부가 되어

입덧을 머금으며
토하며 뱉고 뱉고

산고통 후
갯지렁이 모시조개
대합 백합 새 노래 물결

잔잔한 투망 숨결내리며

모래펄 지평선
만리포 엮어놓고
떠나가는 그리움

＊ 동호바다 : 고창에 있는 바닷가, 썰물이 되어 떠난 멀고 먼 펄

광교산

청산의 푸른 물결
심호흡 펼칠 수 있는
오솔길 따라
답답한 도심 공간

보드라운 엄마 품속
열두 치맛자락 펼쳐진 그곳

도시화로 사라진
산짐승들이 숨을 쉬던 곳

자연의 손상 고향 언덕
비파향수 정 담겨진 곳

떡갈나무 소나무
그대들 지킴이
산새들 유연한 흔적
새 생명의 은택 숨쉬는 그곳

문학 풍경

감성이 펄럭인다
씨앗들을 모아
행복한 노래
작은 조약돌

미소 짓는 달빛
노을빛에 닦아낸
작은 볼멘 숨소리

감성을 그리고
표정을 만든다
뿌듯한 기도
사랑의 종 울리며

하늘의 은하계가
나폴나폴 떨어진 종자들

고이고이 양지 바른
언덕위에 뿌린 씨앗들이
새싹이 움트이며
문체들이 빛을 낸다

2부

꿈을 향하여

등대지기

광명한 풀포기 심겨있네
이 땅에는 가시떨기와 엉겅퀴도 있답니다

청소년들이여
그대들은 옥구슬 보다 더욱 빛나고
올곧게 피어나세요
혼탁한 떨기에 찔리지 않도록 조심하시고

그대들의 해맑은 얼굴은
곱게 피어나는 한 송이 꽃이 랍니다

신음 하는 어두운 시대에서도
밤하늘에 달과 별이 변함없이 순행하듯
구름 속 위에는 해님이 있듯이 스스로
올가미에 걸려들지 마세요

겨울이 있으면 따뜻한 봄이 온다지요
봄에 핀 영롱한 꽃을 보세요
추위 속에 걸어 나온 저자리가
맑고 곱게 예쁜 꽃으로 피어 있답니다

향기가 나는 진솔한 마음은
그대들의 별빛이 되어 꿈과 자랑 실크로드랍니다

어린이 날

푸른 하늘 초록이 무성하니
오월의 벌과 나비가 그네를 탄다

환하게 웃는 해맑은 얼굴들
새 싹들이 춤을 추니 곱고도 예쁘구나

이 땅위에 희망의 찬가 밝은 종소리
미래의 꿈나무들아 쑥쑥 잘 자라라

하늘에서도 눈이 부시게 귀한 아이들아
사랑과 꿈 귀한 자양분 흠뻑 받아서

영과 몸 튼튼하게 지구 속에 있는
모든 아이들아 맘껏 꿈을 피우며 노력하자

예쁘게 아름다운 세상 만들자
고운향기 피우는 오월처럼

꿈을 키워 주자

– 청소년 · 소녀들이 흐미진 곳에 담배를 피우고 있는
  모습을 보고 안타까운 심정으로 쓴 것

파릇파릇 하고
팅팅한 귀한 보석 보배들
토실토실 보드랍고 고운 손에

후미진 곳에 성냥개비 보다
굵고 조금 더 긴
앵두 같은 입술에다 뻐끔뻐끔
검은 연기 휘날리며

토실토실 보드라운 손끝에
빨간 불빛 등대처럼 껌벅 껌벅

괴로움 슬픔 인생을 다 안다는
것처럼 등대 노릇을 하고 있다

건전하고 예쁘고 아름답게
보석 보다 더 귀한 아이들
어른들 롤 모델 되어 바르게
인도 못한 책임감을 느끼게 한다

담배

남녀노소 한정된 사람들이
수다를 핀다

주름진 얼굴 정신 줄 맡겨놓고
괴롬 슬픔 자괴감 누구나 있는 것을

나를 어디로 두는 것에 따라
습관이 된다 중증환자가 되면
금단이란 길이 힘겨운가 보다

그중에 승리를 찾아 이겨내는 의지
잘 이긴 의지의 가치 격려를 보낸다

피우는 것은 눈감을 수 있는데
후반전 공격이 안 되어
닦여진 그 길 위에서

길바닥에 뱉어버린 침액과 담석
하얀 꽃으로 수를 펼쳐 놓았다

맑고 상큼한 아름다운 거리에선
순이 와 돌이도 찌프린 얼굴 없이
신나게 뛰어 놀 수 있을 것 같다

난(蘭)을 치다

곧은 선 줄기
웃음을 싣고
소박한 꿈의 여정
순결한 처녀의 환한 미소

별빛 눈망울
호수에 비친 자태
고운 빛깔
꽃으로 피어
벌 나비가 어루만져도

흔들림 없는
곧은 처자 절개가
꽃으로 필 때
흐르는 한 자락
시향기로 핀다

절개(節介)

속은 꽉 차지 못했지만
타협하기 싫고
남이야 어찌 되든 말든
이득을 위한 붉은 눈

얼굴 붉히며
진흙덩이 세속 삶
타협하기도 싫고
남의 공간 침입 하기도 싫고

또한 남이 나갈 수 있는
공간 마련 해주고 싶어서
옆으로 퍼져 나가지도 않고
그러다 보니 꿋꿋하게
의연하게 위로만
쑥쑥 자랐습니다

이 모습 이대로 주관 있게
절개 지키며 竹으로 살아 가렵니다

비상(飛翔)

행군 나팔 소리에 비상하는 날개를 펴
고운해살 희망이 용솟음 친다
암울한 탈진 메말랐던 시냇물
미쁜 걸음걸음

짓밟힌 어두웠던 그림자
모두다 저 흘러가는 강물 위에 띄워 보내고
찬란한 세상 눈이 부셔오는 시온성의 아침

비상 하는 존귀한 내 나라
무릎 꿇고 회개하면서 우리는 다시 일어서리
비상하는 마음 손에 손잡고

넓고 넓은 푸른 초원처럼
고운 마음들이 모여
아름다운 내 나라를 위하여
우리 모두 화합한 마음 희망가를 부르자

* 이 시는 전 국민이 하나로 뭉치자는 내용을 담고 있다.

외줄타기

공중에서 외줄 타기
저 남자분이 무형문화재 지킴이
저곳은 고공행진
살얼음판 슬렁슬렁
넉살스런 덕담

다리를 건너는가 싶더니
고개를 넘을 듯이 폴짝폴짝

안방에 앉아 있는가 싶더니
또 새처럼 날아가듯
당실 덩실 살포살포 움츠리다가

폴짝폴짝 한 장단 가락
비틀비틀 휘청 휘청 K팝 춤이 된다
외줄타기 무형문화재 묘기

이렇게 살자고요

마음 꽃 활짝 피어
행복과 웃음이 넘쳐나고

푸른 바다 이루듯이
우리도 넉넉한 호수 만들어

따스한 햇살
마음도 몸도 훈훈함으로 가득 채워

열기의 반사 작용 풀풀 풍기는 향기
모든 사람들에게 기쁜 일 좋은 일

형통함을 쟁반에 담아
이웃들과 나눠 갖자고요

오늘도 이웃들에게
탁구공 핑퐁 되어

사랑의 홀씨 날려 보내는
기쁜 날 만들어 행복하고
웃음 넘치는 삶 살아가자고요

마음을 열면

불퉁한 볼 울듯 말듯
힘겹게 보인다

웃음을 확 터트린 볼
봄이 찾아 왔네

감사감사 하였더니
그만큼 행복이 뒤 따른다
이것이 너와 나이다

감사 향기

오늘이 있어 감사하고
희망이 있어
내일을 기다립니다

흔적(痕跡)

깨끗한 퇴근길
오솔길 따라 안보였네

어둠이 지워지는 다음날
희미해진 미등 아래

널브러진 쓰레기
담배꽁초 컵라면
튀김 통닭 속이 텅 빈 캔
살점이 발라진 뼈대

마무리 못해
버려진 쓰레기
혐오감에 얼굴이 구겨진다

나는 나는 지구를 떠날 때
그동안 남겨진 외형과 내면 혐오감
얼마나 많을까

무언가 좋은 자양분으로 많이많이
보답해놓고 가야 될 터인데…

노숙인(路宿人)

가는 길 전철 개찰 입구에서
자존감과 몸 동아리
그 누가 나락으로 밀어 냈는가

혹독한 추위 봇짐도 없이
이 겨울을 어떻게 이겨낼까

갈판 실오라기 하나 없이
시멘트 맨바닥 온돌방 되어
팔을 베개하고 잠이든 것이냐
어디가 아프신 것이냐

바쁜 척 총총걸음
벗어나버리는 슬픈 언저리
그의 아픈 괴로움에 비애가 되면서

실 낱 같은 꿈 삶의 희망을
쥐어 줄 수 없을까

애달파하는 이내 몸
선한 사마리아인 잠시 스치며
"제사장도 그냥 지나가고
레위인도 그냥 지나치고"
나도 그냥 지나가고

한 구원자의 손길 형체를 바라며
나는 온통 정결함으로 치장한다
우주의 꿈을 그리며

신의 세계 향해 처벅 처벅 걸어간다고 한다
나는 못해도 남이 구원의 손길 닿기를
야트막한 나의 위선인가?

바램

마음이
아름다우면 얼마나 좋을까

이쁜 사람 만나면
코끝이 찡한 감격을 안겨 주듯이

해맑은 마음 가지고
누구를 만나든
장점만 보려는 순수한 향기
얼마나 고울까

남을 많이 칭찬할 수 있는 넉넉한
마음가짐은 정말 아름다워요

말을 할 때 마다
때에 맞는 합당 한 말 좋은 말을 하고

그 말에 진실만 담는 예쁜 마음
너와 나 꽃피우는 우리들 행복이랍니다

위정자 그 길

얼어붙은 길 진노의 길
저들의 시선 저들의 위선 굽어진 입술
걸음걸음 죄악성 부족함 자괴감
아첨 헛점 이기주의 구부러진 길

풍물들 남의 허물 들춰내기 상처내기
저희들 허물 덮으려고 갖은 쇼를 하는 모양새
꼼수의 잔인성 원흉 포용 못 한 어두운 길
저들은 무엇을 보고 걸어가는 것일까?

하나님의 자녀들아
어둠의 길 선한 생명 길
넉넉한 마음으로 돌아와라
본향의길 주님이 빚어낸 그 길
빛을 바라라 당신들이 계시는 그곳에서

항해

이른 아침 교회당에 나올 때 마다 마주치는
우리 동네 도로 건너편 찾아온 아파트 신축현장 식구들

110년 만에 찾아온 달궈진 거리 폭염 속 노동자
동 터 오르기 전부터 머리에 두른 단단한 헬멧

어깨 맨 조끼 긴팔 긴 바지 두꺼운 양말
부츠 장화 신고 현장으로 걷는 스텝 진 들

땀방울 빗물을 어이 어이 이어 가리
달궈진 발걸음 이글이글 타오를 텐데

난 집에서 가만가만 땀방울이 송골송골
아스팔트 길 헐떡헐떡 거리는데

동 터 오르기 전 부터 누구를 위함인가
애꿎은 커피 담배 휘저으며 가족들 행복
미래희망 뱃고동 소리 부웅부웅 출발하는 항해사

별밤을 헤아리다
– 어릴 적 그 많던 별, 산업공해로 보이지 않아서 안타까워하면서

오십년 되던 밤
어둠의 전령
붉은 태양 삼키던 밤

어릴 적 초롱초롱
별을 헤아리던
고즈넉한 그리움
어디로 갔을까?
투덜대는 밤

점렬 등 호수 속
몸을 던지며
풍덩 넘실대는 밤
달님은 속절없이
미소를 머금으면서
목욕재계 던진 밤

새해 시작은

목욕재계(沐浴齋戒) 어둠을 씻고
깨끗하게 솟아오르는 해님아
새해 설맞이 길잡이
꼬끼오!!!

새해 복 많이 받으세요
넉넉한 마음들 너도나도 덕담의 물결
정겨움이 풍성풍성 묻어난다

그래 바로 이것이야 민심은 아름답고 따뜻하다
서로서로 시기질투 없이 잘 되도록 염려해주고

나 혼자 잘 먹고 잘 산다는 것 그것이 행복이더냐
더불어 사는 세상 서로서로 밀어주고 지렛대 노릇해주면서

내가 서 있는 곳 행복을 도모해주고 부메랑이 되자
협력하여 비를 막아주고 무너진 뚝 보수도 해주며

청정하늘에 뭇별처럼 무지개 되어
함박진 웃음 지어주고

평화로운 설맞이 이웃간 손에 손잡고
강강술래 정을 도모 하며 행복하자
생동하는 입춘 풍년타령 다 같이 신나게 불러나 봄세나

마음의 꽃

향기가 피어난다
닫혔던 희망을 펼치며
행복한 미소
내안의 보석들이 꽃을 피 운다

산과 들에다가 사랑의 꽃을
옮겨 심어야 겠다

내 마음의 향기 무지개 꽃 되어
새들도 날아와서 마음 문을 열고

팍팍한 세상 안부도 서로서로 묻고
행복한 은총 우리 다함께
영원한 주님의 축복을 함께 누려요

투숙객
– 하계 문학 세미나 선생님과 함께 투숙하면서 한 선생님이
  베란다에서 두 팔 벌려 심호흡 하는 모습을 보고

창틀 저 먼곳에서
졸리는 눈빛
껌벅거리는 등대선

어둠 속을 넘어
지평선 먼발치
베란다 누각에 허연
치마폭 날리우는 여인네

바닷바람 심호흡 휘날리며
머릿결 스담스담
빗물 방울 조금씩
훌쩍거리는데

양팔 벌린 팔로우 워십
어둠을 걸레질하며
닦아내는 야망의 꿈

가시

고슴도치 가시는
겉에 있어 눈에 잘 보이지만

사람의 가시는 안에 있어 눈에 띄지 않습니다

그래서 어떤
사람에게 어떤 가시가 얼마나 있는지 없는지 알지 못합니다

가까이 다가가 찔리고 피가 나 봐야
그 사람의 가시가 따가움을 알게 됩니다

마음속의 가시는 하는 말이 뾰족하고
하는 행동이 날카로워 많은 사람의 마음을 베게 됩니다

고슴도치 가시는 살을 찌르지만
사람의 가시는 마음을 찔러 상처를 줍니다

오늘이라는 예쁜 선물
사람의 가시를 치료시킬 수 있는

예쁜 꽃처럼 언 마음 녹여 줄 수 있는
햇살 줄기 너도나도 비추이면 얼마나 좋으랴

의로운 해

의로운 자의 길은
점점 밝아지고
완연히 빛나는 아침햇살

악한자의 길은
점점 어두워져 가는 길

넘어져도 무엇 때문에
넘어졌는지 조차
알아내지 못하고 타박만 한다

---

* 어리석은 자의 특징은 타인의 결점을 드러내고
  자신의 약점은 잊어버리는 것이다.(M.T 키케로)

성가대

찬양하라
찬양하라 찬양하여라
시와 찬미로 찬양 할지어다

하나님은 거룩한
보좌에 앉으셨도다
광대 하시도다
찬양받으시기에 합당하시며
감사로 하나님께 제사 드리며
영존하신 주님께 경배 드리세

온 땅의 아름다움이여
만민들아 거민들아
수금으로 비파로 즐거워하자
감사 감사로 찬양하여라

위대하시고 강하신 그 이름을
송축하며 나팔과 현악과 퉁소로
춤을 추며 찬양을 올릴지어다

3부

당신들이 심었습니다

상흔(傷痕)

주인을 잃은
녹이 슨 구멍 난 철모

안개가 서리서리 한그루
풀포기 좁은 공간

풀잎을 모으며
서글픈 망초 꽃으로 피어올랐다
인적은 간데없이 조용한 슬픈 역사

나비 한 마리 읊조리며
나라를 위해 목숨을 잃은
영령을 위로하는 입맞춤을 하고 있네

말모이
– 이 글은 말모이 영화를 보고서 쓴 글

그 나라 언어는 나라의 생명이다
언어가 없어진다는 것은
나라가 회복할 기회가 없어지는 것이다

나라말이 있으므로 국민성이 뭉쳐져
나라의 힘이 되는 소중한 유산이다

일제 만행 나라를 빼앗고도 모자라
창씨개명 만들고 내 나라 언어를 말살하려고

일제가 혈안이 되어 민족 투혼 열사들은
남 몰래몰래 숨어 어두운 지하에서

국어사전 편찬하는 동참자
어찌어찌 발각되어 온갖 수모 고문에 생명을 잃고

이제는 절망 희망이 보이질 않는다
동방의 불꽃 타고 남은 불씨
고난 속에 실낱같은 줄기가 만개 되었다

국어사전 편찬 1911년 나랏말이 살아났다

태극기(太極旗)

지키겠다 세우겠다
대한민국 태극기
저 우거진 관청
교내에서 절기식 행사 때마다
나라와 경축 행사 때
생사고락을 국민과 함께 해 온 이름표

그 앞에 선 단정히
깎듯이 세운 이름표
나라의 안녕을 기원하며
애틋한 국민성을 묶는다

나의 조국 나의 대한민국
한마음 한뜻으로
지극히 작은 것부터 잘 지켜 내야
평화를 부를 자격이 있다

내가 태어나고 내가 자라온 내 나라
행복한 내 나라를 위해
우리 모두 함께 합심하여
손에 손잡고 평화의 화합을 이뤄내자

우리의 이름표 온 나라에 휘날리자
위대한 내 나라
나의 대한민국 애국심 영원한 기틀 위에
튼튼히 세워놓고 휘날리자 우리나라 태극기를

유관순 열사

평온하고 고요한 뜰
봄바람 살랑살랑 일궈질 때 누가 저 어린 소녀를
매서운 찬 바닥 감방에서 흐느끼게 하였는가

목청이 터지도록 외치고 외치게 하였는가
목청이 터지도록 대한 독립만세를 부르게 하였는가

다 피워 보지도 못한 여리디 여린 꽃봉오리
평온했던 내 나라 누가
저 소녀를 격분하게 만들었단 말인가

나라를 잃은 비탄숨소리 영과 혼을 흔들어 놓았다
만세소리 외치다가 어두운 철장 속에서
오장이 파열되는 가혹한 고통의 형장

소녀의 신음소리가 진동하면서
파도타기로 퍼져나간다
어떻게 버티었을까 어떻게 어떻게…

굴복은 없다 이 한목숨 초토화 되다 한들
의식이 무너지면 나라를 잃는다

나라를 세워야 한다
어린소녀가 대한 독립 만세 만세를
부르다가 부르다가

쓰러진 그 이름
분신이 된다한들 산화가 된다한들…
혼 불이 되었다.
꽃비가 되어 흘러 내린다

그루터기로 나라가 세워졌다
그대 혼 불이 헛되지는 않았다

잃었던 36년 기미년에 대한독립만세 외치다가 찾았노라
세상을 뒤흔들며 찾았노라
맘껏 맘껏 외치다가 세웠노라
대한 독립만세 만세 숭고한 님이시여…

통일교육 한 자락

푸르른 옷자락 첩첩이 쌓인 능선
북한산 자락에 통일 교육원이 안치 되어있네

교육관실 역대 대통령들 친필
"구국 통일 나라 안녕"

당신들 친필과 함께
각각 사진들이 부착 되어있다

저며 오는 가슴 한 자락
아직도 내 나라는
다른 나라가 겪지 못한 가혹한 추위
분단의 아픔 국가적 손실 정신적 이데올르기

두 동강이가 된 내나라
애달프도록 보고 싶은 이산가족들
일제 식민지 생활도 부족하여 동족상잔 처절한 혼란

김일성이가 공산화 들고 남으로 남으로 침공
하루아침 쑥 대밭
사랑하는 가족 처자식 남편 친지들 잃었다

유엔 16개국 맥아더 장군 총사령관
평양까지 몰고 몰고 올라간 바람아
북쪽에선 중공군들 벌떼 되어 몰려 내려온 바람

나라정세는 어수선한 폐허 속에 혼수상태
미국과 소련 중국 결렬한 협상 끝에 "38선" 기둥이 서다

"김일성" 소련 중국 공산주의 끌어안고
세습 정치 인권유린 공포
백성들 굶주림 시달림 현실 세계 속에 하위
폐허가 된 나라

남한 "이승만" 자유 민주주의 선택
유엔 도움으로 눈부신 경제 성장 세계 속에 우뚝 솟은 대한민국
세계 속에 11위권 우수한나라가 되다 만세 만세 만만세!!!

계백장군

고요하고 화려한 백제의 역사
기울어 가는 촛불 한 사나이의 외침의 숨결
늘 적은 병사로 대승 거듭 거듭된 승리

의자왕 태평 년 월 만국기 펄럭 펄럭
간절한 나라사랑
주야로 애간장 태우는 사나이의 아픔

나당연합 황산벌 전투
심장이 멈출 기미가 눈앞에 어린다

처자식 백제 국민으로 살았노라
울분의 외침 구곡간장 파열되어 가는 외침

외 나라 신라에게 노비로 내주노니
백제 국민으로 남게 하겠노라 울분…

아~아 슬프다 아프다 계백 장군이여
당신이 사랑하는 가족 뼈 중에 뼈 살 중에 살
가족을 스스로 쓰러트리고
당신의 백제사랑은 천만년 향기 되어
혈맥의 숨결로 이어 내린다

삼천 궁녀들의 피눈물
강물 되어 굽이치며 흘러가고 있구려

통일의 노래

통일사랑
막혔던 강물이 흘러간다
통일 향기
꽃비가 되어 내린다

나뉘었던 마음들 고쳐지리라
슬픔 속에 잠든 영혼
우린 이제 벗어나리라
하나 되어 펼쳐 내리라

한데 뭉친 내 나라
광대한
우주 속에서 빛내리라
온세계 속에 노래로

통일된 내 나라
벅찬 이 기쁨 외치리라
감격의 눈물
흘러 흘러 흘러간다

백주년 삼일절 날

새봄이 시작 되던 날
소담스런 햇살 탑골공원
역사 현장 내 마음도 서 있었다

잃어버린 내 나라를
살려내야 한다는 일념
그 고초는 가족을 등지고

당신들 몸은 초토화 되며
시달리다 가신 영령들이시여
당신들의 피눈물 흘러내리며

만만세 목청이 터졌다
울어대는 함성들 드디어 나라는 세워졌다
새 생명의 부활 당신들의 염원
고사리 손 만세를 흔들어 댔다

어린영혼 합창단 백주년 삼일절
농악대 소리 울려 퍼지며 백합화 피어
나라의 평안을 기리며 태극기 태극기가
눈이 부시게 휘날린다

물빛 그리움 하나

가슴 언저리 사랑
씨앗 하나가
꽃씨가 되었습니다

빗물이 흐르듯 가슴속에
모두 스며들지 못한 사랑이
흘러 보내지 못하고

사랑하는 마음
가슴에 묻어 둔 채
책갈피에 덮어둔 채

물빛 그리움은
날개를 모은 채 뜨거운 가슴
사랑의 빗물이 되어

오늘도 그리움 하나가
무지개로 피었습니다

---

* 대상자: 주님
  꽃씨 : 말씀
  물빛 : 주님의 사랑 마음에 묻어둔 채 주님 사랑을 받고서 행함 없음을 나타냄
  그리움 하나가 무지개로 : 주님의 사랑을 그리며

소망의 항구

믿음의 새둥지
누구라도 주님 영접하면
새 역사 소망의 샘물

참 진리
영안의 눈
열게 하시고
참 가치를 찾아
새 생명 푸른 마음
움트게 하신다

환란에서 소망으로
건져주시고
보배로우신 주님
고장 난 영과 육을 고쳐주시네

축복받는 길

심령이 가난한 자
애통한 자
마음이 청결한 자
은혜를 아는 자
감사를 아는 자
의를 사모하는 자
악인의 꾀를
도모하지 않은 자
주야로 주님을
경외하는 자
진리를 사모하는 자
마음이 청결한 자
주님의 음성을 듣는 자
기도하는 자
부모님을 경외하는 자
나라를 사랑하는 자
가족을 사랑하는 자
이웃을 사랑하는 자
사람들을 사랑하는 자
모든 것 겸하는 자가
가장 복 되다
좋은 입술을 통해서

멸공

하늘을 열고
기도하는 손
권능을 받는 힘
응답의 기적
불 꽃 같은 기도

영적인 힘
인간의 어떤
권리를 초월하여
따스한 봄볕을 내리고

아궁에서 금불을
타오르게 하는 뜨거운 성령 불

한글 자랑

귀하도다 우수하도다 사랑스럽도다
세계 언어들이 수다를 떨지만…

우리 한글이 제일 철학적이고
과학적이고 신비하도다

뿌리 깊은 상층민 전용적인 어려운 한문

글을 모르는 백성들 눈이 있어도 보지 못함이요
까막눈으로 글을 몰라 아픔과 억눌림 억울한 일
짓밟히는 힘없는 백성들

나라님은 모두 다
다같은 내 백성일진데
애석하도다 애닯도다 불쌍한 내 백성들
밤잠을 이루지 못 하네

지성이면 감천이던가 하늘도 움직이신다
천부께서 지혜를 내리사 유생들 몇 명 데리고서
비밀 결사단 어찌 알아냈을까

기득세력 죄 없음을 알고도
나라를 위태롭게 물고 늘어진다
쫓기고 쫓기는 신세
꼭꼭 숨어서 거듭거듭 연구를 하여
해례본 창제 모음 17자 자음 11자 합 28자

초성 중성 종성
1443년 훈민정음 완성하시다

그리고 3년 후 기득세력 앞에서
조심스레 마음 조리며 드디어 반포식을 여시다

무가 무인 만고의 불변 유네스코 세계유산 등재
드디어 길이길이 빛나는 도다 세계 속에 소리쳤다

위대한 업적 귀하고 귀하다
드디어 빛냈도다 대한의 나라 한글이…

Freedom is not free

우리나라 6·25 발발 내 나라만 비극인 줄 알았다
참전국 16개국 외 협력한 나라 등등 어려움과 슬픔
무너진 내 나라만은 못했지만 저들에게도 아픔 있었구나…

당시 미국 아이젠하워 대통령 아드님도 한국전쟁참전자
총 사령관 자제분 전사자 시신도 못 찾은 참극
전쟁의 참혹상 당시참전자 공통으로 슬픈 언저리

미국 군인들 전사자 36,574 부상자 103,284 실종 3,737명
포로 4,439 이것은 미국만 국한한 것은 아니다

미국 Washington D.C 백악관 세계적인 정치 1번지
백악관 앞에 가면 20여 개 이상 기념관이 있다

베트남 전쟁기념관 한국 전쟁기념관 등등
지식적으론 알고 있는 현실 박물관 앞에 서있는
내 모습 현장감 느낄 수 있도록

우의를 입힌 16개국 참전나라 기리기 위한 동상
6·25 발발 당시 장마 때라서 비가 폭우로 내렸나 보다
젊은 청춘 날

민주주의를 지켜주겠다고
타 국에서 몸 바친 아픈 현실
이 자리 와서도 느끼게 하는 구나
있을 수 없는 동족상잔 38선 언제나 무너질까…

이곳은 freedom is not free 글자가 새겨진 비가 있다
比翼鳥(비익조) 連理枝(연리지) 국민들 화합 남북 연합
하나님께서 열어 주시는 날까지
잘못된 점 뉘우치고 회개하는 기도 손 모아본다

역사의 숨소리

어느 때인지 모르겠다
청계천 복개가 서있는 모습만
고가 사다리 Highway
차량행렬로 가득 찬
딱딱한 도심 행적지가

E시장님 서울 시장하실 적에
복개 수술 고가 사다리 정비되어

그 자리에 수로가 흐르고
물고기가 노닐며

각종 새들이 몰려오고
벌 나비가 춤을 추는 동네

수많은 가족동반 청춘 남녀 놀이터
주름살이 깊게 파인 역사의 증인들
걸음걸음 모인 그곳에

각종 나무 푸르른 잎과
꽃잎 파리 숨을 쉬는 마을

청계천 생명체들의 교감
삼삼오오로 옹기종기 모인 도심의 동산

길손 눈가 애환들 지나온 그때 그 시절
얽혀온 실타래가

한 올 한 올 눈앞에서 펼쳐 나온다

평창 올림픽 폐막식

우주쇼 순간순간 섬광의 빛이 였다
수많은 시간 갈고 닦은 기량
긴 세월 마디마디 보석들이
제 각각 기량들을 가지고
발자취 평창에서 동계 잔치가 펄럭였다

찬란하도다 꽃피우는 동계올림픽
세상의 환희 잔치가 솟구치며
감탄만이 터져 나올 수밖에 없었다

세상을 비추이며
화합의 물결 꿈과 영광이 깃들여 있는 곳
모두 화합한 세계 사람들
손 에 손잡고 함성의 메아리가
온 우주 속 드높였다

장맛비

주룩주룩 하늘에서 내려오는
은총에 담수물이
어두운 경적 소리와 함께
꼿꼿한 장대비
흐벅지게 내려 꽂힌다

축복도 은혜도 메마른 가슴
촉촉이 흘러들어
풍성한 마음 옷깃을 적시며
마음도 적신다

성령의 등불 다리가 되어
너도 나도 건널 수 있는
넉넉한 축복의 강 내려온다

샤론의 꽃향기

사랑의 향기가 세상으로
가던 걸음 멈추게 했습니다

인생의 언저리
꽃향기는 천리까지 가고
덕행은 만리까지 가고
주님의 향기는
온 인류를 덮었습니다

아름다운 꽃은
여기저기서 피어나지만
영원하지는 않았습니다

인간의 죄성으로
당신 몸 불사르고
온전한 향기가 되어
내 마음은 기도하는 손

나 또한 부서지고
당신향기로 피어 올리어

의의 면류관 생명의 면류관
길 따라가며 찬양하며 춤도 추고
주님의 향기로 불태우게 이끄소서

----
* 샤론의 꽃향기 : 주님을 뜻함

4부

변치 않는 순환

풀꽃문학기행

찾아 간다 거기 계시다 길래
푸르른 봄바람 산줄기를 타고서
오로지 가고 싶은 문학관
시어들이 형형색색 숨 쉬는 곳

한 점의 햇살 몸에 부딪치면서
"오래봐야 예쁘다" 곱씹으면서
문학관 뜰 자락 한 톨 한 톨 발 내 디디는 소리

언제 꼭 뵙고 싶으신 선생님 2회 차 방문 행운의 날이다
바쁘신 선생님을 만나 뵙게 되다니
연세보다 건강하시다

1. "미팅, "보너스 훌륭한 시를 잘 쓰려면" 4가지 조건,
Short 짧게
Simple 단순하게
Easy 쉽게
Impact 영양, 효과

2. 어린이에게 노래가 되고,
청소년들에게 철학이 되며,
어르신에게는 인생이 되고,

3. "자세히 보아야 예쁘다, 오래 보아야 사랑스럽다

선생님께서는 오르간 반주를 하시고 일행들은 국악 풍으로
크게 입 벌리며 덩실 덩실 덩더쿵 따라 연습 잘하고
의미심장 보람된 날이다.
그리워지는 미팅마치고 나른해진 한낮에
풀 밭 이름 모를 야생화들이 화들짝
수다를 떨다 지쳤나보다
게슴츠레 졸고 있는 듯하다

선생님과 인증 샷 작별인사
선생님의 글이 온몸에 향기가 되어
오대양 육대주로 퍼져나갈 것을 확증하고 나온다

망초대꽃

빗물에 목욕한
맑은 마음이 우리 엄니
모시 적삼 같아라

해 빛에 그을린 모습
고이고이 곱게 차려 입으시고

자식 키우는 눈망울
부풀어 오르는 가슴

윤택해지는 언저리
즐비이 서서
달님 별님 묻혀와
초록 언덕 위에 엮어낸다

태동(胎動)

고운 마음으로
연두빛 상차림
한 올 한 올 매듭을 푼다

긴 겨울잠 벗어버린
축제 꽃 마당
무지개 전등
다반사가 된 거리거리

따스한 체온 은은한 향기
옥구슬에 꿰어서
멍석 마당 만들고

촛불등대 또 하나의 태기
입덧 토역질 하며

무릎 꿇고 기도하는 생명
눈 부시어 온다

하룻길

저 산 너머 해님
벅찬 광란한 석양몰이
지친 하루 충혈 된 홍 체
구름 사잇길 홀로 걸어가면서

휘모리 장단 걸음걸음
주머니 수를 놓으며
소몰이 어린 목동 쉼터로
해몰이 하며 하루길을 닫는다

이슬비 편지

아지랑이 봄소식 굴리는 소리
젖 뗀 아이 엄마 품속에서
나오는 이야기

간밤 이야기 옹알옹알
물줄기 심호흡 뿜어내며

나뭇가지 끝자락 부딪히며
몸 풀기 연습 시키는 물방울 소리

수양버들

풀어 내린 머릿자락
수없는 사연
활기찬 바람결에
흔적을 엮어
올렸다 올렸다가
외로움이 쌓여간다

포근한 햇살 펼쳐내며
마음속에 시침 삶 자락
거리에서 호숫 길에서
가로등 불빛 되어 비추인다

봄의 찬가

겨울을 벗어난 산천초목
봄 내음 상큼 즐거운 산하대지
목련화 등불 밝혀 기지개 켜
올리는 이슬방울

이름 모를 산새 봄 자락 따다
청량한 노래 입에 물고

봄을 캐는 아낙네들
고요한 뜰 자락 엮어
수다를 꽃피우니
버들피리 살랑 살랑이며
봄의 찬가 부른다

회춘(回春)

눈비 강 물결 타고
아지랑이 재 너머 오시는 그 길

조각배 살얼음 띄워놓고
아직은 봄바람 낯설어 얼굴 가리는데

차가운 지동설 배앓이
만삭이 되어 오시는 날

낙화암 뱃길 붉은 등대 한 재 실어
그리운 님 꽃으로 회춘하시네

이팝나무

산허리 둘레길 따라가면
눈꽃이 어느 날부터 가로수 되어가네

그 옛날 우리엄니 나물 캐 와서
쑥 버무리 닮은 모습 같아라

휘늘어진 머리 컬 젖히면서
겅중겅중 산길 따라가며

펄럭펄럭 대는 아카시아 나무
밀쳐 내는 저 자리에

서녘 놀 봄으로 세안하고
백열등 가로등 되어 서 있네

벚꽃 그늘 아래에서

풋풋한 하늘 밑에서
샘솟는 운기로 피어낸다
물안개 튀밥기기 만삭되어
꽃잎지어 뺑뺑 터트린다

튕겨 낸 옥수수 팝콘
눈처럼 쌓여가며
못다 한 청춘남녀들
웃음꽃이 만발하네

벌집 같은 길 송골송골
싸래기 눈 꽃 터널
눈이 부시게 꽃잎 휘날린다

섬진강 매화 축제

구례, 하동, 광양, 곳곳마다
다랑이 매화 꽃 맵시 "축제"

섬진강 물결 흐르는 행복
매화꽃 진한 사랑
풀포기 수양 버들자락

봄맞이 첫 걸음
살갑게 달려오는 청량감
고개 숙인 여린 몸 컨벤션 물결

연초록 쭈뼛 쭈뼛 세상 밖 나들이
춤사위 한나절 자작자작 숨죽이는 고운 사연

장미꽃 여인

6월 여름 한 자락
흰 구름 솜털 풀뿌리 짙어질 때

소담스러운 꽃 내 음
불타는 사랑 고백 우울한 옛이야기

마음을 달래주는 열망
곱고도 예쁜목 선 줄기 따라
그대는 장미꽃 여인

삶의 연정 意味沈長(의미심장)
도태되지 마라 아우르며

절망에서 소망의 등대
에덴동산 풀잎 맺힌 햇살

유월 잔치 탐스런 사랑받을 여인
해맑고 아름다운 장미 빛 노을
황홀한 엘레지여왕 활짝 핀 무지개

원반 위에 대자연

– 이효석 문학관 관람 중

원반 위에 대 자연 피어오른 꽃
한 공간 이효섭 메밀꽃은 피어나고 있었다

눈이 부시는 순 백송이
맑은 해살 받아서
백로 한 마리는 날갯짓을 하네

성결한 자태 온유한 심상
문인 한 자락 품 안에 안겨 보았다

유월의 행복

아사한 숲속의 향기
그윽한 유월
내 마음이 헤엄쳐 나온다

너랑 나랑 어깨동무
이글이글 타오르는
숲속으로 우리 함께 걸어보자

저 맑은 새소리 유월이 부르는 노래
초여름 나무 깊은 기슭
능선 길 따라 풍성한 축제

사뿐사뿐 이야기 정담 나누며
유월의 숲속 신선한 풍경
자작나무 그늘 신록의 유월을 건배하자

살랑살랑 벌 나비춤을 안고
초록빛 나뭇가지에 걸터앉은
시원한 바람아

새처럼 꽃향기 날려
우리의 꿈 활짝 활짝 펴
춤을 춰보자 곱게 곱게

목련화(木蓮花)

晝暗野 天地 / 炤氣雲新 /燭明呼扁襎襬/
白鷺樹枝爲藤娛樂/ 天使入 淸亮閑 合昌/
穩樹枝爲 /生命體 鶴舞動作輯/

주야 깊은 밤하늘 땅
밝은 기운 새 롭네
촛불 밝힌 날개

백로들 나뭇가지 등을 엮어서
오락을 즐기는데

천사들의 청량한 합창 소리
따뜻한 나무 가지
생명체들 학춤 모은다

소망화(所望花)

所望日事/
笑怡 花侕 你開乃/
花笑乃而 / 我所望而 活開 開煥乃/

소망하는 일이
웃음꽃으로 피었네
꽃이 웃으니
내 소망이 활짝 활짝 피었네

기도원
– 기도원에서 쓴 글

아름다운 산새
꿈처럼 펼쳐진 화폭
천지창조 몰고 온 바람아

물 안개 몰려다가
기약 없이 왔다가오
기도원 내 사랑

옷자락이 나부끼는
언덕 위에 서성이며
주님과 심호흡 펼쳐진 기도원 한 자락

긴 역사적 불꽃 한줄기 빛이
동방의 꽃으로 우뚝 솟는 말씀

사랑을 듬뿍 담은 깊은 의미 깨닫고
해돋는 이아침 잊지 못할
주님의 내탕고
아– 아 내 사랑

긴 인생 낙원 길 정상 머리에서
끌어안는 넉넉한 맘
저 넓은 해원으로 나는 이제 가겠소

새봄의 향기

움츠린 나들목
훌훌 털어 버리고
엄동설한 얼어 붙은 나목

흘러가는 물결 나들이 간다
매몰찬 바람 흠짓흠짓
봄소식 엿들으며

눈꽃을 흔들어 깨워
입춘을 참석시킨다

수피 빨아 올리는 봄비
건널목 들어선 붉은 태양
봇짐을 메고 문 열며 겨울을 쓸어 낸다

단풍잎

그 사랑
채색이 되어온 나
가슴을 아리게 합니다

눈물의 꽃잎 망울이
헤일 수 없는
혈맥을 타고 온
사랑의 향기
발효가 되어

망향초 사랑
흘러 흘러
나에게 안기었네

마지막 잎새

풍성하고 화려하게
뽐내던 자태
꽃잎은 열매를 내어주고

나목이 된 나무
마지막 잎새마저

비우면 채운다는 이치일까?
모든 것 아낌없이 내어주는 나무

나무들처럼
욕심도 시기도
모두 씻어내는 향기

다시금 새 기분으로
새로운 해 의로운 삶
진리와 진실

새로운 막을 펼치는
회복의 길 영혼의 처소

마지막 남은 잎새 조차
털어내는 넉넉한 무대

빗물이 되어

쏟아지는 빗물은
그리움이 되어
흘러 내립니다

깊이 흐르는 물빛이
더 저미어 오며
보고싶다 보고싶다
우산을 접었다 폈다
그리움 가시지가 않습니다

빗물에 얼비친 얼굴
이 마음도 장맛비가 되어
주룩주룩 흐느끼며 웁니다

타들어 가는 그리움
동그랗게 동그랗게
맑은 물방울이 되어

그대 생각에 이 밤도
지새우며 지난 추억
뿌리가 되어

비바람이 불 땐
아린 마음 쏟아지는 폭우
별빛 되어 출렁입니다

천호지(天湖池)

이슬 안갯속
모락모락 피어오르는
하늘 한 자락

커다란 하늘
닮고 싶어
구름도 안아보고
낮에 나온 해님도
끌어 안아본다

밤이 되면 달님도
선녀들도
물고기 떼
한마음

청둥오리 뒤처질세라
식솔들 거느리며
자맥질 한가로이
노니는 이곳

나비와 잠자리 떼
심심찮게
나풀나풀 찾아와 주는
고운 걸음걸음

어여쁜 연 이파리
납작납작 치맛자락 펼쳐
꽃향기 피운다

소끔소끔
어우러진 생명체들
모양은 달라도
협력하며
살아 나오는
이런저런 사연들
촉촉이 채워지는
호수라오

만월(滿月)

창가에 드리워진 초승달
동구 밖 줄기찬 인생길

파도소리 꿈꾸는 동산
걸어 나온 세월
갈보리 언덕 위에

뽑어낸 지난 나날 채워가며
푸른 창호 목마름
짙푸른 언덕 위에 희망찬 종소리
내디딘 발자취는

그릇의 열망
맨바닥에서 피어나
만월이 가득가득 차오른다

5부

엮어가는 삶

연가

생명나무 파란 들녘
봄의 향기 엉엉
저잣거리에서 꿈꾸는 동산
못다 한 지식 늦은 나이 책상머리
이겨낸다는 고단함

이제 꿈을 찾아 낯선 학우들
지난날 같은 심정
푸른 전당의 숨결
흐름의 고원

자랑스러운 동기들
꽃향기 부풀리며
정성스러운 손길 모둠 채
풍성한 잔치
대자연 그림동화 활짝

이제 졸업식 심호흡
출렁대는 보람 찾아
무던히 이겨냈다

이제는 하늘 지도 그려 넣고
설익은 사각모
우리는 기지개 켜고 하얀 리본
목에 두르며 토닥토닥

모습은 각자지만 승리의 두루마리
그대들의 소망의 항구는
아름다운 모습이었다오

담쟁이 여인

내 이름은 태양의 불꽃
가슴에 품고 영혼의 향기

여린 줄기
가느다란 곡선
사랑받을 여자여

꿋꿋한 그에게
은가비처럼 날개를 달고

채색 옷을 깁는 저 맑은 태양은
누구를 위한 종소리인가

내일의 꿈
가을 햇살에 흠뻑 취한 담쟁이 여인

초록마당 뒤안길

잿빛 하늘 은총
고적한 카페 둘러앉아

창밖에는 아직도 줄기차지 않은
보슬비가 가을맞이 단비를 뿌리며
초롱초롱 불빛을 흔들며

사랑하는 동기들과
깊은 대화 이룰 적에 유리 창밖
투시 벽 넘나들이 외곽등불

푸른 잔디 위로
전등이 날개가 되어
날고 있는 황홀한 심상
아 ~아 어이 할꼬

초록마당 풍성 수다 떠는 달빛
아직도 무성한 초록 절정
물장구에 흠뻑 젖어
깊은 시름하는 생명체들

견우와 직녀

끝도 없는 창공
나는 너를 보고 있단다

보고 싶은 너와 나
만나는 날 기다리는
기쁨이 가득 찬 너를

일 년에 한번 그날 위해
그리움의 고통
건너가야 할 강나루

임 소식 누 각루에 걸어 놓고
우린 슬퍼하지 말자

오늘도 간절한 바람이 되어
높이 높이 내 사랑 보배로운 자야

너와 나
은하수 구슬을 꿰어
어디서든 우리 사랑 비추이자

낙엽송이 하나

산 다라의 광장
울긋 불긋 축제장

깃털이 되어 날아보는 것이야
차량 속력에 매달리며
달리고 넘어지고
쓰러져도 또 달리며

깃털이 되어
강 물결 위에 앉아
솟구치는 욕망
잡아보려고 가는 그 길

화려한 가면
공해에 찌든
세속을 벗어나자
떠나가는 낙엽송이 하나

가을은

설익은 가을풍경
높이 떠 있는
고추잠자리 가을 옷을 입힌다

코스모스 달 밤
귀뚜라미 밤새 매미와
귀뚤 귀뚤 자리다툼

아스라이 멀어진
어린 날 추억 들춰 업고

토담집 처마 밑에 소꿉동무
고향 그리워
너도 주고 나도 주고
풍성히 정 나누던
보고 싶은 사람아

보고싶은 그리움 한 자락 불러본다

옥수수 여인

깊고 깊은 여름 날
녹색 치마저고리

어릴적 어머님의 손길
곱게 곱게 자라 난 밭고랑 길가에

새초롬한 달밤 허수아비가 되어
도도한 월계관 쓰고

허리 한 춤에 자자 일촌
붉은 댕기 옆구리
주섬주섬 배앓이로
키워낸 멘톨하모니

가을 숨소리

피어 오른다
설핏 익은 가을 속
황달기가 되어가는 갈대

고운 바람 스칠 때 손뼉 치며
능선 길 따라 앙상해진 솔잎가시

융단 천 내리는 푸른 강물
도란도란 조용조용 깊은 마음

팔당호전설 여인네들 숨결
가슴깊이 차 오른다

움켜쥔 꿈속 달리며
향기에 빠져 젖어들고
춤을 추던 가로등 꿈을 꾸던 어린 날

높푸른 길가 정취를 감추며
고적한 천경 풍경 줄곧은 나목
님들의 호탕한 웃음 잔치

겨울 속 햇살 나래 치며
흘러간 지난날 길 내고 있구나

만추(滿秋)

노을이 불타는 아름다운 선상에서
산속으로 산속으로 숨어버리면
그러면 그러면 나는 가겠소

붉은 등대 세워진 곳 떠날거라면
그러면 그러면 나는 가겠소

누렇게 익어가는 황금물결 따라서
보름달빛이 환하게 서있는 곳으로
그러면 그러면 나는 가겠소

여운

가잔다
고운 옷 벗어놓고서

노을 진 저잣거리
강물위에 흙 뿌려놓고 가잔다

사랑 그리움 애틋함
토해놓고 가잔다

시나브로 고운 추억 거닐면서 가잔다
미래의 전당 희망찬 종소리 나눔과
베풂 일러 주고자 가잔다

가을을 띄웁니다

소망하는 항구
바구니에 가을을 담고
달궈진 언덕

가치 있는 힘 채워
푹푹 익어가는 찬가

가슴팍 한 자락 허 헛한 공간
한 아름 담은 희망가
두둥실 띄워 봉헌 한다

단풍잎 사연

서늘한 바람 타면서
짙푸른 나뭇잎
염색주의자 베틀에 오른다

서서히
심호흡 하는 것은
사나운 바람이 일기 때문에

소리 창 한 마디 할 때마다
노랗게 빨갛게 물들이며
한 잎 두 잎 바람 타고
꽃 배달 여행 길 가네

수련화

잔잔한 연못가
수양버들 휘늘어지고
버들피리 낯 설은
손님맞이 분주한데

이 내 몸
한가로이 여름날 뱃놀이
즐거워 들떠있는 나그네

시 한술 청산이
높다 한 들 하늘 아래로구나

곱게 곱게 피어난 욕망의 탯줄
부평초 절망에서
희망찬 내일 위해
잠시 쉼을 취하련다

외나무다리

뻥 뚫린 무섬
섬마을 사람
유일한 통로
희노애락이 담긴 그 길

구적 구적 장마 홍수
다시 태어나는 통나무다리

어깨동무 같이
건널 수 없는 외로움
만남의 즐거움
사랑 노래 나루터 그 길

새파란 꿈 간직한
잊지 못할 그 옛날
애환이 서린 추억

별빛 되어 피어나
세월 등대지기가 된 그 길

처서

그리도
싱그러웠고
생기 넘치던
푸른 시절 마시고
내뱉은 삶 쌓여가며
가을 전문(前門)에서

모든
허물을 싸안고
용서하며
결실의 열매로
나타내는 것이다

왜목마을
– 충청도 왜목마을 일몰 일출을 보고
  퍼내도 퍼내도 사라지지 않는다는 것은 해를 가르킴

고즈넉한 일몰 일출
다정다감한 순수한 불꽃

퍼내도 퍼내도
사그라지지 않은 꽃

영원히 마르지 않은
한결 같이 깊은 사랑

푸른 바다 물결
부서진 조약돌

징검다리 밟으면서
널따랗게 펼쳐진
푸른 하늘을 안고

생명의 씨앗 환해진
저 물결 웃음 짓는 해맑은 꿈

겨울바다의 포용

널 따란 바다
모든 것을 품을 수는
마음 바다

모든 것을 받아
들인다는 바다이다

게 누구 없소 고장이 났나
대답을 잃어버린 바다

훼이 훼이
방파제를 우려 치밀며
시달려온 바다

쓸쓸한 적막감을
홀로서 품고 있는 항해자
나침판이 울어줄 때

겨울 속에 햇살로 잉태 실어
둔천길 따라 강줄기 따라
겨울 겨울은 꿈을 키우며

봄소식을
엮어 내는 마음
준비 단계라는 것을…

아카시아꽃 전설

하얀 이 드러내며
함박지게 볼 머금고
미소 지을 때

어린날
친구들 사랑
이야기 꽃 피울 때
추억 속에 청사진

푸른 하늘 따다가
송이송이 눈송이 만들어

친구들 향취 봄바람 싣고
소꿉장난 엮던 날

한 잎 두 잎 지나온 추억

초록빛 돌계단
꽃잎 향기 그네 타고
친구들 마중 나가는 길

공작새

부르르 꽤꽤
산울림 따라
고고한 자태

정교한 부채춤
활짝활짝 너울너울
물방울 굴러내며

번쩍번쩍
천사의 날 노래가
정교한 가슴 줄기차게

회전목마를 탄
우아한 원반 위에
아름다운 백만 송이를 본다

만리장성

욕망의 굴레
갈급함은 어디까지인가
삼국 통일갈증
거친 숨결소리
10년 동안 민간의 백성만
50~60만 명 기나긴 노동

굶주림 실태 헉헉 거리며
허리가 무너지는 통증
신음소리로 역사를 만들고

하늘을 치솟는 인골로 쌓아올린
영혼의 날개 되어

지평선 바벨탑 유네스코
세계 유산이된 등재선 고리
빽빽한 위선 숨결을 타고나온
청청 하늘 아래 뫼이로다

발문

서정적 신앙시의 형상화

홍문표

(시인. 비평가. 전 오산대총장)

서정적 신앙시의 형상화

홍문표(시인. 비평가. 전 오산대총장)

서비아 시인의 세 번째 시집 『시도 사람을 그리워한다』 출간
을 진심으로 축하하고 격려를 보낸다.

서 시인의 경력을 보면 기독교와 문학에 대단한 관심과 열정
을 가진 시인으로 보인다. 기독교에서는 신학을 하고 준목사
이다. 문학에서는 이미 수필가로 아동 문학가로 활동하고 있으
며 겸하여 시인으로도 활발하게 활동하고 있다.

보다 바람직한 문학이란 무엇인가, 그리고 진지한 문학가의
자세란 무엇인가. 나는 이 점에 대하여 감성의 문학에서 이성
의 문학으로, 그리고 이성의 문학에서 마침내 영성의 문학으로
비상해야 한다는 입장을 누누이 밝혀왔다. 문학의 궁극적인 목
표는 단지 감각적인 즐거움이나 윤리적인 진실을 넘어서 영혼

까지 구원하는 일에 이르러야 진정 가치 있는 문학이 될 수 있기 때문이다.

그런데 문학이 영혼의 구원까지 담당하려면 작가 자신이 종교적인 세계에 대한 깊은 이해와 체험이 있어야한다. 이런 점을 생각한다면 서 시인의 전문적인 기독교적 역할과 문인으로서의 활동이 매우 바람직한 구원의 문학, 영성의 문학을 실현할 수 있는 적임자라는 생각이 든다.

그러나 한국의 문단에서 많은 목회자들이나 크리스천들의 문학 활동을 보면 상당수가 기독교적인 주제를 문학적으로 예술적으로 승화하지 못하고 낯익은 기독교적 언어에 문학적인 무늬만 걸친 것들이 너무 많아 일반문학에서도 외면당하고 성숙한 종교문학으로도 대접받지 못하는 경우가 너무 많다.

그런데 서 시인의 경우 이미 그의 첫 시집 『시가 내 마음에 꽃이 되었다』나, 두 번째 시집 『어찌하면 됩니까』에서 보면 기독교적인 주제들이 상당한 문학성으로 승화되어 있어 성숙한 종교시의 가능성을 보여 주고 있으며 특히 이 점은 이번 시집 『시도 사람을 그리워한다』에서 더욱 두드러지게 보여 주고 있다. 그 중에서도 작품 「물빛 그리움 하나」가 눈에 띈다.

가슴 언저리 사랑
씨앗 하나가
꽃씨가 되었습니다

빗물이 흐르듯 가슴속에
모두 스며들지 못한 사랑이
흘러 보내지 못하고

사랑하는 마음
가슴에 묻어 둔 채
책갈피에 덮어둔 채

물 빛 그리움은
날개를 모은 채
뜨거운 가슴
사랑의 빗물이 되어

오늘도 그리움 하나가
무지개로 피었습니다

― 「물빛 그리움 하나」 전문

이 시는 사랑과 그리움에 대한 일반의 서정시라고 해도 손색
이 없는 감성과 정서가 풍부한 시다. 사실 일반인의 어떤 대상

에 대한 사랑과 그리움의 감정은 크리스천의 하나님에 대한 사랑과 그리움의 감정과 다를 바가 없다. 이를 군이 에로스나 아가페로 구분하지만 그러나 다윗은 오히려 이를 구별하지 않음으로 더욱 은혜와 감동을 더하고 있다. 그런데도 대개의 크리스천 시인들은 시를 쓸 때마다 사랑과 그리움의 대상이 '하나님'이고 '주님'이라는 것을 꼭 밝혀야 신앙적이라는 집착을 한다. 여기서 기독교 시인들의 시가 예술적으로 승화되지 못하고 그래서 엘리엇은 기독교 시를 일류가 아닌 이류의 시라고 지적한 바가 있다.

그런 점에서 볼 때 서 시인의 이번 시집 중 「물빛 그리움 하나」는 그런 한계를 극복하고 신앙시가 고도의 메타포를 통한 서정시로 형상화 될 수 있음을 보여준 아주 바람직한 예라고 할 수 있다.

다시 한 번 서비아 시인의 서정적 신앙시집 출간을 축하한다. 계속 능력 있는 목회자로 문학성을 갖춘 세련된 문인으로 하나님이 주신 달란트와 청지기의 소명을 성공적으로 감당하기를 주님의 이름으로 비는 바이다.

시도 사람을 그리워한다

서비아 지음

발 행 처 · 도서출판 **청어**
발 행 인 · 이영철
영   업 · 이동호
홍   보 · 이용희
기   획 · 천성래
편   집 · 방세화
디 자 인 · 이해니 | 이수빈
제작이사 · 공병한
인   쇄 · 두리터

등   록 · 1999년 5월 3일
(제1999-000063호)

1판 1쇄 인쇄 · 2019년 9월 10일
1판 1쇄 발행 · 2019년 9월 20일

주소 · 서울특별시 서초구 남부순환로 364길 8-15 동일빌딩 2층
대표전화 · 02-586-0477
팩시밀리 · 0303-0942-0478

홈페이지 · www.chungeobook.com
E-mail · ppi20@hanmail.net
ISBN · 979-11-5860-690-9(03810)

이 도서의 국립중앙도서관 출판시도서목록(CIP)은 서지정보유통지원시스템 홈페이지
(http://seoji.nl.go.kr)와 국가자료공동목록시스템(http://www.nl.go.kr/kolisnet)
에서 이용하실 수 있습니다.(CIP제어번호: CIP2019033685)